I0551438

LOISIRS D'UN VIEILLARD

OU

MÉLANGES POÉTIQUES,

PAR

N.-R. CAMUS.

Senectutem oblectant studia.
(CICERO.)

— ⚬ —

PARIS,

FÉLIX MALTESTE ET Cⁱᵉ, LIBRAIRES-ÉDITEURS,

RUE DES DEUX-PORTES-SAINT-SAUVEUR, 18.

—

1843

LOISIRS D'UN VIEILLARD

OU

MÉLANGES POÉTIQUES.

Imprimerie de FÉLIX MALTESTE et Cie, rue des Deux-Portes-Saint-Sauveur, 18.

LOISIRS D'UN VIEILLARD

OU

MÉLANGES POÉTIQUES,

PAR

N.-R. CAMUS,

Senectutem oblectant studia.
(CICERO.)

———— ◦ ————

PARIS,

FÉLIX MALTESTE ET Cie, LIBRAIRES-ÉDITEURS,

RUE DES DEUX-PORTES-SAINT-SAUVEUR, 18.

—

1843

LOISIRS D'UN VIEILLARD

ou

MÉLANGES POÉTIQUES.

———◆◆◆———

Première partie.

—

PENSÉES DIVERSES.

Il est un Dieu.—Qu'est-il?—Comme vous je l'ignore.
Le fini ne saurait comprendre l'infini ;
Mais tout dans l'univers me l'annonce à l'envi ;
Tout me dit : courbe-toi. Je me courbe et l'adore.

~~~~~

Des hommes ou de Dieu la Royauté vient-elle ?
C'est une question qui passe mon savoir.
L'Évangile prescrit d'obéir au pouvoir (1) :
J'obéis, et sa source en rien ne me martèle.

~~~~~

Quelle que soit sa forme, un état porte en soi
Un vice que ne peut corriger la prudence.
Est-on républicain, on tend vers la licence ;
Un despote souvent se trouve dans un roi (2).

---

(1) *Subditi estote potestatibus, qualescumque sint.*
(2) La liberté est licencieuse, dit Phèdre, et la monarchie tend vers
le despotisme, dit Montesquieu.

Mais croyons-en l'auteur que la scène révère :
Le pire des états , c'est l'état populaire (1).

⁓⁓⁓

Gouverner les humains n'est pas facile chose :
Là l'épine surtout se cache sous la rose.

⁓⁓⁓

Mon fils, disait un roi dont s'honore la France (2),
La Royauté n'est pas une propriété ,
Un bien dont nous puissions user à volonté :
C'est une charge (3). Au Dieu, d'où vient toute puissance ,
Et qui sur tous nos faits a constamment les yeux
Nous en rendrons un jour un compte rigoureux.

⁓⁓⁓

Toujours à ses côtés le tyran voit l'effroi (4) :
C'est un loup pour autrui, mais un lièvre pour soi.

⁓⁓⁓

Où le vrai bien est-il? Chacun partout le cherche ,
Mais on prend pour vrai bien ce qui n'est qu'oripeau.
Ici l'ambitieux sur les honneurs se perche ;
Mais toujours agité , toujours faible roseau ,

(1) Vers de Corneille dans *Cinna.*

(2) Louis-le-Gros, à qui remonte l'établissement des communes.

(3) « Si c'est trop, dit Labruyère, de se trouver chargé d'une seule famille, si c'est assez de répondre de soi seul, quel poids, quel accablement que celui de tout un royaume! un souverain est-il payé de ses peines par le plaisir que semble donner une puissance absolue, par toutes les prosternations des courtisans ? Je songe aux pénibles, douteux et dangereux chemins qu'il est quelquefois obligé de suivre pour arriver à la tranquillité publique ; je sais qu'il doit répondre à Dieu même de la félicité de ses peuples, et je me dis : voudrais-je régner ? un homme un peu heureux dans une condition privée devrait-il y renoncer pour une monarchie? »

(4) « De quelle horreur, dit Tacite au sujet d'une lettre de Tibère au sénat, ne serait-on pas frappé, si l'on pouvait voir à nu le cœur des tyrans et être témoin des tortures dont il est déchiré ! »

Intimidé lui-même alors qu'il intimide,
Et tombant au moment qu'il se croit très solide.
Là, tout riche qu'il est, pauvre encore à ses yeux,
L'avide commerçant brave Éole et Neptune;
Mais las de son audace, un beau matin ces dieux
A l'aspect du port même emportent sa fortune.
Celui-ci, tout entier aux fumets de Comus,
Se fait le vil basset d'un altier Lucullus.
Celui-là sur le sein d'une impure Glycère
S'inocule à prix d'or l'opprobre et la misère.
Plaisirs, richesse, honneurs ne sont que feux follets.
Le vrai bien est en nous; il est dans un cœur juste.
Quoi que l'on soit, disait une princesse auguste,
Si l'on est vertueux, on est toujours en paix (1).

O mille fois heureux, qui, simple dans ses mœurs,
Se fait d'un bien modique une paisible aisance,
Et, sans les envier, voit ces grands possesseurs,
Très souvent indigens au sein de l'opulence !
Mais l'homme est si bien fait que de l'ami constant
       Ce sage est le pendant.

Que d'amis lorsque l'or dans notre coffre sonne !
Mais le son cesse-t-il, on ne voit plus personne.
Telle est l'ombre : elle suit quand le jour est serein ;
Devient-il nébuleux, elle s'enfuit soudain.

En vins délicieux la cave abonde-t-elle,
D'un long torrent d'amis s'inonde le salon.
Vient-elle à se vider, adieu le tourbillon.
Ainsi boit la sangsue, ainsi fuit l'hirondelle.

Pour avoir des amis les princes sont trop haut ;
Car très républicaine est l'amitié sincère :

(1) « Le contentement voyage rarement avec la fortune, mais il suit
la vertu jusque dans le malheur. »
       (Paroles de Marie Leckzinska, femme de Louis XV.)

Ses lèvres sont sans miel, et son langage austère
Ne sait point en vertu transformer un défaut.
Flatter est l'art des cours; pour s'en ouvrir la voie,
Il faut que l'on y porte une langue de soie.

Assez semblables sont et monarque et coquette :
De tous deux par l'oreille on obtient la conquête.

Un cœur noble ici-bas rarement réussit :
On ne grandit qu'autant que l'on se rend petit.

Mendiez sur un char tiré par deux chevaux :
De pièces d'or sur vous tombe une épaisse pluie.
Mais mendiez pieds nus et la besace au dos :
A peine obtenez-vous croûte de pain moisie.

Ayez femme jolie ou bien esprit rampant :
La porte des honneurs s'ouvre à double battant.

Autrefois le serment était chose sacrée :
Tout Janus s'estampait d'un éternel mépris.
Aujourd'hui le serment n'est plus qu'une denrée :
Plus de fois il se vend, plus il acquiert de prix.

Toujours l'avidité croît avec la fortune.
Une hauteur franchie en présente encore une,
Et tout en s'élevant de hauteur en hauteur,
On se rend malheureux à force de bonheur.

Le propre du succès est d'enivrer les cœurs ;
Mais la fortune est femme, et souvent l'infidelle,

Au moment qu'on se croit le plus assuré d'elle,
Dans le camp ennemi va porter ses faveurs.

Quand pourrai-je, ô repos, savourer tes douceurs?
S'écrie un nautonnier, surpris par la tempête.
Mais les vents cessent-ils de siffler sur sa tête,
Son amour du repos fuit avec ses terreurs.
Quel métier que le mien! dit de même un ministre.
La splendeur, je le sens, ne vaut pas le repos;
Mais qu'un rival l'arrache à ses rudes travaux,
Le repos à ses yeux n'a rien que de sinistre.
Tel est l'homme : le vent de la cupidité
En fait un flot toujours en tout sens agité,
Qu'il monte ou qu'il descende, en quelque lieu qu'il aille,
A pied comme à cheval, escorté comme seul,
Le souci le poursuit, le presse et le tenaille,
Jusqu'à ce que la mort lui jette son linceul.

Tout est plaqué chez nous, les corps et les esprits :
Otez-en le plaqué, vous en ôtez le prix.

Sous un habit troué le vice entier se voit,
Mais de brillans tissus en couvrent l'infamie,
Et tel à bras ouverts en cent lieux se reçoit,
Qui dit : ah! mon habit, que je te remercie !

Voyez-vous cette dame, à la marche modeste,
Et secouant la tête au moindre propos leste?
On dirait à son air, à son ton de candeur,
Que partout de la neige elle offre la blancheur :
N'allez pas toutefois dépasser la ceinture ;
Ce n'est plus au-delà qu'une couleuvre impure (1).

(1) *Desinit in piscem mulier formosa superne* (Horat.).

Bien fou qui prend pour vrai ce qui n'est qu'apparent !
Sous de chastes dehors que d'ordures souvent !

Il en est de la politesse
Comme des charmes des Laïs :
C'est un vernis dont la richesse
En impose aux yeux éblouïs.
Mais gardons-nous de la détruire :
Que de gens, s'ils n'étaient polis,
Révolteraient qui les admire !

Tel de bienfaisance brille
Dans un discours d'apparat,
Qui d'un père de famille
Fait vendre jusqu'au grabat.

Qu'un Crésus vienne à faire un don,
Il fait sonner mainte trompette ;
Mais don publié perd son nom ;
Charité doit être secrette (1).

Tout se pardonne aux gens d'une certaine classe ;
Mais pour un rien hors d'elle on n'est pas épargné.
Les lois sont, à vrai dire, un tissu d'Arachné :
Petite mouche est prise, et grosse mouche passe.

Il n'est pas de poisson qui soit exempt d'arête :
De même sans défaut nul mortel ne se voit ;

---

(1) *Cum facis eleemosynam, noli tuba canere ante te, sicut hypocritæ faciunt in synagogis et in vicis ut honorificentur ab hominibus... nesciat sinistra tua quid faciat dextera tua, ut sit eleemosyna tua in abscondito, et pater tuus qui videt in abscondito reddet tibi.*

(Math., cap. vi).

Partant, à l'indulgence il faut que l'on se prête.
Toujours à la nature on tient par quelqu'endroit,
Et chez nous, comme ailleurs, dit un vieux casuiste ,
Dans le moins de défauts la sagesse consiste.

~~~

L'inconstance est un vice, et pourtant la prudence
Dans de certains momens conseille l'inconstance (1).

~~~

Songeons aux coups du sort alors qu'il nous sourit :
Tel commence très bien qui tristement finit.

~~~

Heureux, sois sans orgueil ; malheureux, souffre en paix.
Des portes du bonheur le malheur est tout près.
Tel a couché sur l'or qui couche sur la paille,
Et tel est courtisé qui s'appelait canaille.

~~~

(1)   *Constans et lenis, ut res expostulat, esto ;*
        Temporibus mores sapiens sine crimine mutat.
        Suivant l'occasion, sois ou stable ou changeant.
        Sans crime quelquefois le sage est inconstant.

Maxime fausse, quoiqu'elle soit de Caton. On lit aussi dans Cicéron :
« C'est une nécessité pour les citoyens les plus sages, du nombre des-
quels je veux être, de changer quelque chose à leurs désirs comme à
leurs opinions,

» Platon, dont je suis volontiers les maximes, ne nous dit-il pas qu'on
ne doit faire dans le gouvernement que les oppositions qui peuvent être
approuvées des citoyens, et qu'il ne faut pas faire violence à sa patrie plus
qu'à son père.

» Remarquez, ajoute-t-il, que dans l'administration de l'état on n'a
jamais loué les plus grands hommes de leur constance perpétuelle dans
le même sentiment. Il en est comme de la navigation, où la prudence
demande qu'on cède à la tempête, quoique ce ne soit pas le moyen de
gagner le port, mais où elle veut aussi que l'on change les voiles lorsque ce moyen peut y conduire, car il y aurait de la folie à suivre sa
première route au travers du danger, plutôt que d'en prendre une autre
qui peut enfin conduire au terme. » Cicéron prétendait justifier par ce
raisonnement sa conduite versatile après la bataille de Pharsale. »

(Lettres famil. liv. I.)

Des biens qui sont en ta puissance
Jouis comme étant né mortel ;
Mais règle aussi ta jouissance,
Comme devant être immortel.

~~~~

Te rend-on un service, embouche la trompette ;
Est-ce toi qui le rends, tiens ta langue muette.

~~~~

Jeune, vis de façon qu'étant devenu vieux ,
Sur tes faits sans rougir tu reportes les yeux.

~~~~

Trompé par des ingrats, ne fais aucun reproche :
Borne-toi seulement à resserrer ta poche.

~~~~

Si l'on fait ton éloge, interroge ton cœur :
De l'éloge par lui tu sauras la valeur.

~~~~

L'espoir est un ami que donne le malheur ;
Quand tout te fuit, il vient partager ta douleur.

~~~~

Contre un homme verbeux jamais ne disputons :
Torrent de mots indique absence de raisons.

~~~~

La beauté qui se farde à soi-même se nuit :
Tel est l'esprit toujours courant après l'esprit.

~~~~

A l'essor de l'esprit l'estomac nuit souvent :
Trop plein, il le rend lourd ; pas assez, languissant.

~~~~

Exercice léger, repas court, gais propos,
Ce sont trois médecins qui chassent bien des maux

~~~~

Malheur à qui ne vit que de mets succulens !
Il creuse son cercueil avec ses propres dents.

Fortune et modestie ensemble habitent peu :
Souvent, quand le cens vient, le sens nous dit adieu

Sottise et vanité logent sous même toit.
Tout tortu que l'on est, on veut passer pour droit.

En vain au grand galop le criminel s'enfuit :
La peine, au pied boiteux, tôt ou tard le saisit.

La vipère en naissant est fatale à sa mère ;
Tel est aussi le crime : il fait mourir son père.

Opprimer la pensée est plus qu'ôter la vie ;
Car sans elle qu'est l'homme ? un animal. *Ergo*,
D'un don qui nous est propre éteindre le flambeau,
C'est le *vis ultima* de toute tyrannie (1).

---

(1) Sous Auguste parut un écrit virulent contre des hommes et des femmes d'un rang illustre ; ce prince voulut en punir les auteurs ; mais son courroux s arrêta devant la censure de Mécène. « Les propos que l'on tient contre nous, lui dit ce sage conseiller, sont vrais ou faux. S'ils sont vrais, c'est à nous de nous corriger plutôt qu'aux autres de se contraindre. S'ils sont faux, s'en irriter c'est les faire croire véritables. Le mépris de tels discours les discrédite et en ôte le plaisir à ceux qui les tiennent ; si vous y êtes plus sensible que vous ne devez, il dépend du plus misérable ennemi, du plus chétif envieux de troubler le repos de votre vie, et tout votre pouvoir ne saurait vous défendre contre une arme qui n'a de force que parce qu'on paraît la redouter. »

La presse est pour les grands ce qu'est pour la coquette
La glace où mainte ride à ses yeux se reflète.

Déesse, dont jamais la beauté ne s'altère ,
Je viens sur ton autel déposer ce miroir.
Je n'y vois plus mes traits tels qu'ils étaient naguère ;
Tels qu'ils sont aujourd'hui, je ne puis les y voir.

(LAIS à VÉNUS.)

Anna tous les matins badigeonne sa face.
Soins perdus ! C'est toujours une vieille carcasse.

Le temps se rit de l'art ; une fois envolés,
Les attraits dans leurs nids sont en vain rappelés.

A soixante ans passés singer les damoiseaux !
Se noircir les cheveux ! se farder le visage !
Quelle folie, Albin ! la parque sait notre âge.
Que l'on soit blanc ou noir, on subit ses ciseaux.

D'une femme hideuse un sot est le pendant :
Plus il veut se parer, plus il est repoussant.

Eh quoi, musquée encor de la tête au talon !
De cet usage-là défais-toi donc, Glycère.
L'art de se parfumer n'est pas celui de plaire.
Mon chien, si je voulais, sentirait aussi bon.

Voulez-vous, Sylvia, vous rendre désirable,
N'allez pas trop sourire à qui vous fait la cour.
Dès qu'un amant est sûr d'inspirer de l'amour,
Il oublie aisément de se montrer aimable.

Ainsi que le phénix est le constant amour.
Il existe, dit-on ; mais qui sait son séjour ?

Satan se défait-il d'une femme coquette ;
Dieu la voit aussitôt convoler dans ses bras.
De Satan ou de Dieu, qui plaindre? N'est-ce pas
Dieu qui prend le fardeau que le diable rejette?

Souvent (et mainte belle en conviendra tout bas)
A la dévotion l'amour donne le bras.
Telle court à l'église entendre une homélie,
Qui prend au bénitier un billet d'Idalie.

Sur la femme toujours nous versons notre bile,
Et pourtant sans ce sexe, à nos yeux si fragile,
Que seraient les deux bouts, le milieu de nos jours?
Celui-ci sans plaisir, et ceux-là sans secours.

Fille qui se marie en grand danger s'engage.
Qu'on mette dans un sac un œuf frais et cent vieux,
Il est à parier cent contre un qu'au tirage
Viendront avant le bon presque tous les vieux œufs.
Il en est de nos jours ainsi du mariage.
A peine dans un cent il s'en trouve un d'heureux.

Attraits, talent, vertu, tout brille dans Jenny.
Heureux, trois fois heureux qui sera son mari !
— Est-elle riche? — Non. — J'en suis fâché pour elle.
Avec tous ses attraits, sa vertu, son talent,
Je crains bien que Jenny ne reste demoiselle.
L'hymen ne se conclut que sur un sac d'argent.

Nous nous disons chrétiens, et l'or est notre Dieu!
Du Christ en vérité c'est bien se faire un jeu (1).

(1) Nolite thesaurizare vobis thesauros in terra... ubi est thesaurus
tuus, ibi et cor tuum. (Math. cap. VI). — Amen dico vobis, quia di-
ves difficilè intrabit in regnum cœlorum; et iterum amen dico vobis :
facilius est camelum per foramen acus transire quam divitem intrare in
regnum cœlorum. (Id. cap. XIX).

Si, tel que l'ont dépeint ses quatre historiens ,
Le Christ apparaissait dans les états chrétiens,
Il ne manquerait pas de Judas pour le vendre,
Sans que de repentir aucun allât se pendre.

Corbeaux et délateurs ont même humeur vorace ;
Seulement sur la proie on les voit différens :
Le corbeau se nourrit d'une vaine carcasse,
Lorsque le délateur se nourrit de vivans (1).

Tout est perdu fors l'honneur ,
Disait un roi du seizième âge (2).
Dans le nôtre on dit :*quel bonheur !
L'honneur seul a fait naufrage.

(1) La Délation eut pour père le farouche Tibère, et voici ce qu'elle produisit dès sa naissance : « Tout fut un crime, dit Saint-Evremont. Une parole innocente était malicieusement expliquée comme une véritable conspiration ; les plaintes laissées aux malheureux pour le soulagement de leurs misères, les larmes, ces expressions si naturelles de nos douleurs, les soupirs qui nous échappent malgré nous, les simples regards même devenaient funestes. La naïveté du discours exprimait, disait-on, de méchans desseins ; la discrétion du silence cachait de méchantes intentions : on observait la joie comme une espérance conçue de la mort du prince, ou un ennui de sa vie. Au milieu de ces dangers, si le péril de l'oppression vous donnait quelque mouvement de crainte, on prenait votre appréhension pour le témoignage d'une conscience effrayée qui se trahissant elle-même, découvrait ce que vous alliez faire ou ce que vous aviez fait. Si vous étiez en réputation d'avoir du courage et de la fermeté, on vous craignait comme un audacieux capable de tout entreprendre. La passion pour la gloire de l'empire était regardée comme un projet d'y parvenir ; un souvenir innocent de la liberté faisait passer pour un esprit dangereux qui voulait rétablir l'ancienne république ; enfin, parler, se taire, se réjouir, s'affliger, avoir de la peur ou de l'assurance, tout s'appelait, non pas délit, mais attentat contre le prince, et attirait bien souvent les derniers supplices. »

(2) François Ier, prince qui, malgré nos dramaturges, sera toujours compté parmi nos grands rois.

L'honneur depuis longtemps n'est qu'un vieux parchemin,
Qui n'offre plus qu'un titre et ridicule et vain.
Ainsi qu'une chemise un principe se traite.
L'homme aujourd'hui se cote au poids de sa cassette.

Nos vrais dieux, qui sont-ils? Bacchus, Vénus, Plutus.
Tout court après le vin, les belles, les écus,
Et pourtant que de maux, de procès, de querelles
N'enfantent pas le vin, les écus et les belles!

Si des haillons du pauvre un père est revêtu,
De ses propres enfans il se voit méconnu.
Mais qu'un habit doré lui couvre les épaules,
Aussitôt à son cou viennent sauter nos drôles.
On s'arrache le bon, le bien-aimé papa ;
C'est à qui le premier l'aura, le fêtera.
Telle une courtisane ouvre à quiconque apporte.
Venez-vous sans argent : close reste la porte (1).

Soleil, arrête-toi, dit jadis un guerrier,
Pour que de Gabaon j'extermine la race.
Nuit, accours en plein jour, dit un télégraphier,
Pour que de mes écus je quadruple la masse (2).

Comptez ce que je donne est le cri populaire ;
Donnez-nous sans compter, celui des courtisans.
Le peuple est de l'état l'abeille nourricière ;
Les courtisans en sont les frélons dévorans.

                             (Paroles de Marie Leckzinska.)

Nous voici reculés au temps de la régence,
A ce temps où Plutus bouleversait la France.

(1) *Si adfers, tum patent ; si non est quod des, œdes non patent.*
                                         (Plaute.)

(2) Allusion aux réticences du télégraphe.

2

Un Macaire (et Dieu sait si Paris en est plein!)
Imagine un musée, un bitume, un chemin,
S'associe un Bertrand, vermine aussi nombreuse,
Promet mont et merveille : et soudain mille oisons
D'accourir et de mordre à l'amorce trompeuse.
Du bon or est troqué contre de vils chiffons.
Du jour au lendemain s'opère un autre échange :
Macaire est dans un char, et l'oison dans la fange.
Oui, derrière un landau tel figurait lundi,
Qui dans l'intérieur s'étale samedi.
Commerçant, magistrat, littérateur, artiste,
Radical ou tory, doctrinaire ou carliste,
Tout ne rêve que bourse. — Et le pays? — Qui, lui!
Où réside Plutus, il se place aujourd'hui.

~~~~

Charle achète un château douze cent mille francs,
Lui qui payait à peine un loyer de mansarde ;
Et comme un honnête homme il veut qu'on le regarde!
Nous préserve le ciel de tels honnêtes gens!

~~~~

Pour sauver son paye Codrus se dévoua ;
Pour asservir le sien César l'ensanglanta ;
Et pourtant de Codrus qui prend le nom? Personne,
Quand partout de César le nom pompeux résonne.

~~~~

Les titres, les cordons, que sont-ils? Des joujoux (1).
D'en porter cependant chacun a la manie.
Tel, comme un forcené, contre un ministre crie,
Que l'aspect d'un ruban prosterne à ses genoux.

~~~~

(1) Les titres ne datent que du règne de Constantin. « Ce prince, dit
M. de Ségur, connaissait les hommes et la dépravation de son siècle ;
il savait que les Romains n'avaient plus la fierté qui rend libre, et qu'il
ne leur restait que la vanité qui rend courtisan. Dépouillant les citoyens
de leurs droits, il les en dédommagea par des titres, et les principaux per-
sonnages de l'empire se consolèrent de leur indépendance en se voyant
traiter de *Révérence*, d'*Éminence*, de *Grandeur*, etc.

De nos distinctions le sort est bien bizarre :
Le talent les fait naître, et le sot s'en empare.

Du bienfait sur les cœurs qui n'admire l'effet ?
Plus il est étendu, moins il se reconnaît (1).

Trop devoir est un poids : aussi combien de grands
Envers qui les fait tels sont peu reconnaissans !

Sur les hommes de cour ne faites jamais fond :
Ce sont des tuyaux d'orgue ; il n'en sort que du son.

Qui jamais aurait su, sans la lyre d'Homère,
Que jadis en Asie il fut un Ilion ?
Qui connaîtrait Achille, Ulysse, Agamemnon,
S'il n'eût de leurs tombeaux secoué la poussière ?
— Sans doute l'argent plut sur ce chantre divin.
— Oh ! beaucoup : privé d'yeux, il mendiait son pain.

De quel gain est au pauvre un changement de maître ?
Ce qu'il était avant, il se trouve encor l'être (1).

O jeunesse, ô beauté, de quelle aile rapide
Vous emporte le temps, vautour toujours avide !
La vieillesse bientôt nous ride, nous flétrit,
Et nous livre sans force à la mort qui la suit :
Car, quel que soit le rang où le hasard nous jette,

(1) *Beneficia eo usque læta sunt dům videntur exsolvi posse ; ubi multum antevenere, pro graciá odium redditur.*
(Tac. Annal. lib. II).

In principatu commutando civium
Nil præter domini nomen mutant pauperes.
(Phæd. fab. XV, lib. I).

Qu'il mette dans nos mains le sceptre ou la houlette,
Sur le seuil de la vie à peine sommes-nous,
Que du sceau du trépas nous sommes marqués tous.
Pas n'est besoin pour lui des fièvres de l'Automne,
Ou des coups de Neptune ou de ceux de Bellone;
Il faut qu'il ait sa proie, et que bon gré mal gré
Du Cocyte fangeux nous traversions le gué.
Adieu, femme adorable ou gentille maîtresse;
Adieu, parcs et châteaux, dignités et richesse.
Fussions-nous possesseurs d'un millier de forêts,
Un seul arbre nous suit : c'est le triste cyprès.

Certain Mondor aux yeux d'un curé de village
Faisait de sa richesse un pompeux étalage.
Monsieur, dit le pasteur, lorsque la mort viendra,
Combien vous souffrirez de quitter tout cela!

Le riche et vaste hôtel que se bâtit Robin!
— Pour en sortir cloué dans quatre ais de sapin.

Qu'est-ce que notre vie? un combat continu,
Où, perdant par degrés une impuissante armure,
On est, je ne sais où, précipité tout nu
Par un spectre toujours vivant de pourriture.

Ouverte est jour et nuit la porte de Pluton,
Et plein est l'omnibus qui mène à l'Achéron.
Là, pas le moindre bruit, la moindre différence,
Point d'habit habillé, de croix et de cordon;
Autocrate, manant, princesse, cendrillon,
Tout se mêle, et l'œil clos se voiture en silence.

A côté du berceau le sort place la tombe;
Le coucher de la vie est près de son lever,
A peine est-on debout qu'on chancèle, qu'on tombe,
Sans espoir que l'on puisse un jour se relever.

Le pré perd son émail ; la forêt, sa verdure ;
Tout se fane, et la mort s'assied sur la nature :
Mais bientôt tout revit ; les prés et les forêts
Sous un ciel rajeuni reprennent leurs attraits.
Une fois au cercueil, l'homme, hélas ! y demeure,
Et pour lui du réveil jamais ne sonne l'heure.

La mort est un voleur que rien ne rassasie :
Il lui faut à la fois et la bourse et la vie.

Ménippe (1) débarquait aux bords silencieux
Qu'environne trois fois un fleuve craint des dieux ;
Il aperçoit Crésus, plaintif et solitaire,
N'ayant rien de l'éclat qu'il avait sur la terre.
Où sont donc tes trésors, lui dit-il, ô grand roi ?
Te voilà nu, sans suite et plus pauvre que moi.
Je viens du moins ici chargé de ma besace ;
Mais, pas même un lambeau ne couvre ta carcasse ;
Un fumier est ton lit, et pour comble de maux
Le regret de ton or te ronge encor les os.

Tels semblent de ce monde être les vrais élus,
Qui traînent en secret le poids de la souffrance.
Roi du Pinde et brillant de lauriers et d'écus,
Voltaire a maintes fois maudit son existence (2).

La vie est un orage, et, semblable à l'éclair,
Le bonheur paraît-il, aussitôt il se perd.

(1) Philosophe cynique dont Lucien a fait un censeur dans ses *Dialogues des morts*.

(2) Voici ce que Voltaire écrivait au comte d'Argental :

22 juillet 1752.

Quelquefois je songe à tout ce que j'ai essuyé, et je conclus que, si

Dans quarante combats Mortier brave la mort,
Et la mort le saisit au milieu d'une fête.
Sur quels flots nous roulons ! sauvés de la tempête,
Un exécrable coup nous attend dans le port.

La nature, en formant la princesse Marie (1),
Avait à la vertu réuni le talent.
La mort souffle : elle tombe à peine épanouie.
Vertu, talent, hélas! n'ont brillé qu'un instant;

Sous tant d'aspects divers le trépas nous poursuit,
Qu'on doit tenir pour gain le jour dont on jouit.

j'avais un fils qui dût éprouver les mêmes traverses, je lui tordrais le cou par tendresse paternelle.

5 octobre 1753.

Le songe de ma vie est un cauchemar perpétuel.

24 novembre, même année.

Les malheureux qu'on représente au théâtre sont au-dessous de ce que j'éprouve.

Deux personnes se sont tuées ces jours passés; elles avaient pourtant moins à se désespérer que moi.

11 mars, 1656.

Ma destinée est d'être je ne sais quel homme public, coiffé de trois ou quatre petits bonnets de lauriers et d'une trentaine de couronnes d'épines.

Le malheur est réel; la réputation n'est qu'un songe.

(1) Cette princesse, fille du roi Louis-Philippe, morte à l'âge de 24 ans, fut un ange que le ciel ne fit que montrer à la terre. Sa statuette de Jeanne d'Arc est une œuvre nationale qui l'immortalise. Combien est petit auprès d'elle le philosophe de Ferney, se faisant le cygne de viles grisettes de cour et le corbeau d'une jeune bergère qui, sous l'étendard de la religion et de la patrie, arracha la France aux serres d'Albion, et dont un bûcher fut la récompense ?

Du tissu de nos jours voulez-vous une image :
De la frêle Arachné considérez l'ouvrage.

~~~~~

Ce n'est que sur l'emploi du temps
Que doit se mesurer la vie.
Cent ans passés dans l'inertie,
Que sont-ils ? des zéros l'un à l'autre adhérens.
Oui, la vie, une fois qu'elle n'est plus sentie,
Est une véritable mort ;
Et je ne vois qu'une momie
Dans un vieillard dont l'ame a perdu son ressort.

~~~~~

Certain marquis touchait à son heure dernière.
Priez Dieu, monseigneur, lui disait un bon père.
— Qui, le marquis d'en haut ! apprenez que chez lui
Un homme de mon rang est sûr d'être accueilli (1).

~~~~~

(1) Un de nos princes du siècle dernier n'avait pas mené une vie exemplaire à beaucoup près ; peu curieux d'édifier son prochain par de bonnes mœurs, il l'avait au contraire outrageusement scandalisé par ses débauches.

Il mourut. La nouvelle de sa mort fut à peine répandue, que le silence, gardé jusqu'alors par la crainte ou le respect, fut rompu avec usure ; on se donna d'autant plus de liberté que l'on avait moins osé en prendre.

Un de ces hommes de bien, qui médisent de tout leur cœur lorsqn'ils ne courent aucun risque de médire, se trouva dans un cercle où était la femme d'un maréchal de France. On y traitait la mémoire du défunt avec très peu de ménagement, et comme l'idée d'un libertinage non interrompu amène celle des châtimens qui lui sont réservés. « Gardons-nous, dit-il, de croire au salut du prince ; l'étrange et indécente manière dont il s'est comporté dans ce monde ne laisse rien espérer de favorable pour lui dans l'autre. »

Cette réflexion ne parut que trop bien fondée, et personne ne se mit en devoir de la contredire, hormis la maréchale ; elle croyait à l'enfer pour le peuple ; il lui paraissait tout simple qu'il fût traité rigoureuse-

De la Donna di Loretta
Que dit le curé de Préneste ?
— Qu'on a de la Vierge céleste
Fait une vierge d'Opéra.

Point de religion, point de société :
Ainsi l'a proclamé la sage antiquité.
Mais la religion n'est pas dans l'apparence;
C'est un spectacle vain quand elle est sans croyance,
Quand ses temples ne sont que des colifichets,
Dont l'œil même bientôt dédaigne les attraits:
La nôtre veut surtout un grave sanctuaire ;
C'est dégrader le Christ que pouponer sa mère.

Des mains de Dieu, dit-on, notre monde est sorti ;
Je n'en crois rien : le diable à mon sens l'a bâti.
Qu'y voit-on en effet? des crimes, des désastres.
Le bien est un roseau ; le mal un chêne altier,
Les pieds dans les enfers, la tête dans les astres,
Étendant ses rameaux sur l'univers entier.
Le temps qui détruit tout, le temps le fortifie.
Sa sève en vieillissant acquiert plus d'énergie.
Non jamais ici bas l'âge d'or ne parut.
Le mal vint avec l'homme, avec l'homme il s'accrut,
Et de tous deux enfin telle est la cohérence,
Que la même durée attend leur existence.

ment, et à son gré la canaille était trop heureuse de n'être que damnée ;
mais pour les gens d'un certain ordre, d'un certain rang, elle en avait une
trop haute idée pour qu'ils dussent être confondus pêle-mêle avec des
bourgeois. « Messieurs, dit-elle, vous avez beau dire, je suis, moi, per-
suadée que, lorsqu'il s'agit de prononcer l'arrêt d'un personnage d'une
si haute naissance, Dieu y regarde à deux fois. »

FIN DE LA PREMIÈRE PARTIE.

Deuxième partie.

ANECDOTES, HISTORIETTES, ETC.

J'ai lu dans un conteur du siècle des Valois,
Qu'en vidant un dimanche une cruche de bière,
Deux vilains, l'un normand et l'autre champenois,
Se prirent de dispute au sujet de saint Pierre.
Le premier soutenait qu'il était né normand ;
Le second, qu'en Champagne il a reçu la vie.
Tout ignare est têtu : la cruche se parie,
Et la cause est soumise au premier arrivant.
Ce fut un Champenois (chose assez singulière) !
Toutefois il prononce en faveur du Normand.
Si mon pays, dit-il, avait produit saint Pierre,
Il n'eût pas renié son maître assurément.

Des jeunes gens parlaient chez un banquier insigne
Des livres qu'un auteur enfante chaque mois.
— Eh ! laissez ce fatras qui de vous est indigne.
Il n'est de bon, Messieurs, que les livres tournois.

La charité, disait un gros chanoine en chaire,
Fut des premiers chrétiens l'éminente vertu.
Bien différens de nous qui croyons beaucoup faire,
Lorsqu'à des malheureux nous donnons un écu,
C'était à pleines mains qu'ils répandaient l'aumône ;
Jamais ils ne pensaient avoir assez donné :
Aussi d'une auréole ont ils le front orné.
Imitons-les. — Sa nièce assistait à son prône :
Elle sort tout émue, et la voilà versant
Sa bourse entière aux mains du premier mendiant ;

3

Puis, l'orateur rentré : mon oncle, lui dit·elle,
Il me faut de l'argent pour aller au marché.
— De l'argent ! ce matin j'ai rempli l'escarcelle.
— Oui, mais n'avez-vous pas tout-à l'heure prêché
Que le ciel ne s'ouvrait qu'aux ames charitables,
Qu'il fallait, sans compter, donner aux misérables ?
J'ai donné tout. — A tort : ce qu'en chaire je dis,
A la lettre par toi ne doit pas être pris.

Sur le Pont-Neuf gisait un mauvais vase étrusque,
Et tout près une vieille implorant les passans.
Vient un savant : le vase est payé deux cents francs,
Et la vieille reçoit un non, dit d'un ton brusque.

Près de se marier, le jeune Martinet
Alla se confesser au père Dominique,
Lui dit ce qu'il voulut, et de bon catholique
Sans pénitence aucune en reçut le brevet.
Etonné toutefois d'une telle indulgence ;
Mon père, lui dit-il, vous venez d'oublier....
— Quoi donc ? mon cher enfant. — Certaine pénitence...
— Eh ! ne devez-vous pas demain vous marier (1) ?

(1) *An uxor sit ducenda*, demandait-on à un poëte latin. Voici ce qu'il répondit :

> *Ergo mihi uxorem qualem ducam ? Anne puellam ?*
> *Hæc forsan veniet non satis apta mihi.*
> *An viduam ? Dominam quis posset ferre tonantem ?*
> *An vetulam ? Tolerat quis patienter anum ?*
> *Fœcundam ? Fœcunda domum mihi prole gravabit.*
> *An sterilem ? Sterilis non decus arbor habet.*
> *An ditem ? nihil est magis intolerabile dite.*
> *Anne inopem ? Quid opis ferre valebit inops ?*
> *Pauciloquam ? Non me poterit recreare loquendo.*
> *Verbosam ? mulier res onerosa loquax.*
> *Formosam ? Variis est subdita forma periclis.*

De l'État à vingt ans diriger le timon !
C'est bien scabreux, disait à son prince un barbon.
Il conviendrait, seigneur, que vous prissiez sept guides,
Bien probes, bien humains, bien justes, point cupides,
Ne voyant que l'État, jamais leurs intérêts,
Et d'un œil paternel couvrant prince et sujets.
— A ce sage conseil je ne puis que souscrire,
Répond le jeune roi ; je dirai même plus :
C'est que si dans mon vaste et populeux empire
Vous pouvez me trouver, non sept individus,
Mais un seul qui soit tel que vous venez de dire,
Non seulement pour guide il sera pris par moi,
Mais je descends du trône, et le proclame roi.

Dans un gala de cour un quidam s'enivra.
On le chassa : l'ivresse est chose inconvenante ;
Excusable pourtant elle est en ce lieu-là,
La coupe du pouvoir étant très-enivrante.

Un avocat, durant les loisirs de Thémis,
De Nanterre un matin revenait à Paris.
Il rencontre un valet, naguère à son service,
Qui conduisait un char, tiré par deux chevaux,
L'un gras, l'autre n'ayant que la peau sur les os.
Il s'arrête surpris. — Eh ! pourquoi donc, Maurice,
Tes chevaux offrent-ils ce contraste piquant ?
— L'un est un avocat, et l'autre est un client.

Une dame accouchait. L'affaire faite enfin :
Ah ! pour des jeux d'enfans quelle douleur ! dit-elle.
— Il est certain remède, observe un médecin,
Dont la vertu prévient cette douleur cruelle.
— Et quel ? — La continence. — Ah ! Monsieur d'Orfila,
Le mal est préférable à ce remède-là.

Deformem ? Pœnam ducere numquid amen ?
Non igitur ducenda uxor, quia fœnore tanto
Apparent socii damna timenda tori.

Un courtisan, déjà bien dodu, bien replet,
Des faveurs de son maître était toujours l'objet.
Un grand poste est vacant : aussitôt on l'y nomme.
—Pour l'obtenir, dit-il, je n'ai fait aucun pas.
—C'est vrai, répond quelqu'un qui connaissait notre homme :
    Qui rampe ne marche pas.

Heureux Dorval! avoir une si bonne place!
— Je ne sais pas, d'honneur, d'où me vient cette grace :
Briguer n'est pas mon fait. Ma femme seulement
S'est donné, m'a t-on dit, un peu de mouvement.

    Marton, gentille villageoise,
    Voulut tâter du conjungo.
    Elle était pauvre : sa bourgeoise
    De dix écus lui fait cadeau.
    Demain, lui dit-elle, ma chère,
    Viens me présenter ton galant.
    C'était une masse grossière,
    Sur jambes courtes se mouvant.
    Comment, dit la dame à sa vue,
    C'est là ton amoureux, Marton!
    Eh! lui répond notre ingénue,
    Pour dix écus que trouve-t-on? (1)

Comment vous portez-vous? demandait à Ménage
Une dame dont l'ame a dicté les écrits (2).

(1) Dans le *Légataire* de Regnard, Lisette dit à Géronte qui lui parle
de quinze ou vingt écus :

    Les maris aujourd'hui, monsieur, sont si courus!
    Eh ! que peut-on hélas! avoir pour vingt écus ?

(2) Madame de Sévigné.

— Je suis fort enrhumé. — Fort aussi je la suis.
—Pardon ! ce *je la suis* blesse notre langage.
Il faut *le* , non pas *la*.—Soit, mais je croirais, moi !
Avoir poil au menton, si j'en faisais l'emploi.

~~~~

Par le grand Frédéric aux trois quarts dépouillé,
Un prélat polonais lui venait rendre hommage.
— Au diable de bon cœur vous me donnez, je gage.
— Dieu vous a fait mon maître, et je suis résigné.
— Ainsi sur son salut mon ame est rassurée.
Si le portier du ciel m'en refuse l'entrée,
Dessous votre manteau je me cache, et soudain
Me glisse inaperçu. — Vous l'espérez en vain.
Vous l'avez tant rogné que ce n'est qu'une bande
Trop mince pour cacher la moindre contrebande.

~~~~

Devant un comité, sous feu l'Être-Suprême,
Se présente un vieillard, marquis de Saint-Janvier.
— Tes noms ?—Marquis...— Flambé. — De... — Proscrit. —
               [Saint... — De même.
— Janvier. — Débaptisé.—Quoi, rayé tout entier !
—Pas d'observation, et tiens ta bouche close.
—Mais qui suis-je?—Eh ! parbleu ! le citoyen Nivose. (1)

(1) Voici à ce sujet une petite scène qui, je crois, n'est pas ici dé-
placée.
Un voyageur. Citoyens, je viens vous faire viser mon passeport pour
continuer ma route.
Le Président. Où veux-tu aller ?
Le V. A Montauban.
Le P. Montauban.... n'est-ce pas en Hollande ?
Un membre au P. Non, président, tu es dans l'erreur. Montauban
touche aux frontières de la Suisse, sur les bords du Finistère, départe-
ment des Pyrénées.
Le P. Département des Pyrénées ! Mais c'est tout près de la Vendée,
ça. Tu vas donc grossir les chouans ?
Le V. Non, citoyen, ce n'est pas mon intention.
Le P. Où es-tu né ?
Le V. A Hambourg.

Chez nos voisins un prince à quatorze ans gouverne,
Disait uue matrone au satirique Sterne,
Et pour prendre une femme il faut que du printemps

Le P. Quel district?

Le V. Il n'y en a pas.

Le P. Quel département ?

Le V. Il n'y en a pas non plus.

Le P. Comment, il n'y a ni district, ni département dans ton canton !

Le V. Non, citoyen, Hambourg, n'est pas en France, et je suis étonné...

Le P. Comment, tu es étonné ! tu fais l'insolent, je crois.

Le V. Non, citoyen ; mais je ne puis concevoir que des fonctionnaires publics...

Le P. en colère. Encore ! tu ne sais donc pas...?

Un membre. Citoyen président, je t'invite à porter toute l'attention dont tu es capable aux réponses du demandeur.

Le V. Mais, citoyens...

Le P. Silence !

Le même membre. Le citoyen nous dit être né à Hambourg, et je vois sur son passeport *né à Quilin* (nez aquilin).

Le P. s'assurant du fait. L'observation du préopinant est juste. Qu'as-tu à répondre?

Le V. Eh ! mon Dieu ! rien...

Le P. Où as-tu donc demeuré pendant ton séjour à Paris?

Le V. Rue Saint-Denis.

Le P. je t'observe que depuis la suppression de la religion il n'y a plus de saints

Le V. Je demeurais rue Denis

Un membre. Citoyen président, tu n'as pas oublié que depuis l'abolition du droit féodal on a supprimé le mot *de*

Le P. d'un ton grave. C'est vrai.

Le V. En ce cas, je demeurais dans la rue *Nis* ; mais je vous observe que, si vous me supprimez ce Nis, je n'aurai demeuré nulle part.

Un membre. Ce voyageur est un insolent ; il abuse, citoyen président, des questions que tu lui fais. Je demande qu'on le mette en surveillance, jusqu'à ce qu'il nous soit possible de savoir dans quel pays est situé Hambourg, et que nous soyons assurés que Montauban n'est pas un foyer de révolution.

Tous les membres. Appuyé.

Il ait vu dix-huit fois refleurir les présens !
— C'est, répond le docteur, qu'il est, ma chère dame,
Plus aisé de conduire un état qu'une femme.

La tête embarrassée et la marche tremblante,
Un loup-cervier sortait d'un riche restaurant,
Lorsqu'un pauvre vieillard devant lui se présente,
L'œil cave, le front jaune et le corps transparent;
—La charité, monsieur, criait l'ombre ambulante !
Je me soutiens à peine. — Et moi, pendard, et moi,
Suis je donc sur les pieds plus affermi que toi?

Dans l'élégant salon d'une Anglaise carliste,
Etait un beau portrait de l'ex-roi Charles-Dix.
Un diplomate (1), appui du trône orléaniste,
Entre et sur le portrait jette un regard surpris.
Comment ! monsieur, lui dit notre légitimiste,
Votre œil sur un tyran daigne ici s'arrêter?
— Madame, répond-il sans se déconcerter,
Si Charles d'un tyran eût eu le caractère,
Il n'habiterait pas une terre étrangère.

Un paquet sous le bras, un modeste tailleur
Voit passer un convoi, conduit par un docteur.
Tailleur et médecin ont, dit-il, même usage :
Tous deux à la maison reportent leur ouvrage.

Dans un cercle brillant l'esprit toujours pleuvait.
Vraiment, dit une dame en se frottant la tête,

(1) Talleyrand, grand Macaire politique, dont voici l'épitaphe :

> Ci-git qui trahit tout, autel, trône, patrie,
> Et joua jusqu'au diab'e en sortant de la vie.

Lorsque l'on transporta son corps à sa terre de Valençay, le postillon
demanda quelle barrière il fallait prendre. — Celle d'Enfer, répondit du
char une voix sépulcrale.

Roses et beaux-esprits produisent même effet :
Une rose plaît fort, mais un grand nombre entête.

Sur l'accouchement prompt d'une jeune princesse
D'un heureux calembour le brelan eut l'honneur.
       Je suis de jeu, dit son altesse ;
Je passe, dit l'enfant. Je tiens, dit l'accoucheur.

Un soir que sans pitié Borée et compagnie
Faisaient de notre ciel un ciel de Laponie ;
Un gascon, s'esquivant de la table au salon,
Debout, le dos au feu, s'étale sans façon.
Arrive mainte dame : il reste comme un terme.
On s'assied, on l'entoure, on le presse, on l'enferme,
Et le voilà bientôt brûlant, gesticulant ;
Mais on rit d'autant plus que plus il se démène.
Résolu de sortir d'une pareille gêne,
Que fait-il ? il se tourne, et décharge un tel vent,
Que l'écho du salon en tremblant le répète.
Toutes de se sauver en se bouchant le nez,
Et lui de leur crier : Mesdames, pardonnez ;
Je ressemble au bois vert : quand je brûle, je pète.

Seigneur, dit une femme à l'empereur Julien,
Mon mari me maltraite et mange tout mon bien.
Du matin jusqu'au soir il est à la taverne,
Et lorsqu'à la maison il lui plaît de rentrer,
C'est un diable : il voudrait au plus tôt m'enterrer.
— Que nous importe ? en rien cela ne nous concerne.
— Ah ! seigneur, sans respect pour votre majesté,
De son fiel sur vous-même il répand l'âpreté.
S'il vous peint, c'est toujours sous une couleur terne.
— Que vous importe ? en rien cela ne vous concerne.

Sous un Valois, en vain dégradé par Hugo (1),

(1) Dans *le Roi s'amuse.*

Un impôt en Bretagne excitait des murmures .
Et les sabreurs du temps de crier tous *haro* .
De conseiller au roi de sanglantes mesures.
—Messieurs, leur répond-il, si l'on vous écorchait ,
De jeter les hauts cris n'auriez-vous pas sujet?

Un jour un délateur vint dire à Vespasien :
Prince , on a cette nuit mutilé votre image.
— En quel endroit?—Au front. Lors tâtant son visage :
Vous vous trompez, mon cher , il ne me manque rien.

La clémence est des rois le plus bel attribut :
Plus que vingt bataillons elle fait leur salut (1).

Chez un naturaliste un vieux soldat dînait.
On parle de volcan : Parbleu , dit Laramée ,
Personne mieux que moi ne dira ce que c'est.
— Eh bien ! dis.—C'est, monsieur , un fournisseur d'armée.

(Vole-camp.)

Jeune ou vieille , la femme est folle des romans,
Disait en chaire un moine aux grotesques manières.
On a beau de ses mains arracher ces misères ;
Tournez le cul : soudain elle a le nez dedans.

D'un tyran, qui longtemps pesa sur la Sicile (1),
La table se couvrait de vaisselle d'argile.
Comment, lui dit quelqu'un, vous si riche et si grand !...
— Je le suis, mais demain suis-je assuré de l'être ?
D'un bonheur continu quel mortel est le maître?
D'un artisan le sort m'a fait un roi puissant :
Ne peut-il pas de roi me refaire artisan ?

Un savant distingué dînait chez une dame ,

(1) *Misericordia et veritas custodiunt regem, et roboratur clementiâ thronus ejus.*   (Prov. Salom. cap. XX.)
(1) Agathocle, fils d'un potier de terre.

Qui sur l'égalité vivement pérora.
Sans objecter un mot le savant l'écouta :
Ce mot aurait été de l'huile dans la flamme,
Mais sa fougue passée et son discours fini,
Il se lève, et d'un ton sérieux et poli
Au valet qui servait adressant la parole :
Monsieur Saint-Jean, dit-il, prenez ma place ; moi,
Je vais avoir l'honneur de remplir votre emploi.
Comme égaux, nous devons réciproquer de rôle.
Qui fut confus? la dame. Aussi sur le tapis
Jamais l'égalité ne se remit depuis.

De courses et de clubs à la fois partisan,
Revenait d'Albion un jeune courtisan.
Qu'avez-vous appris là, demanda Louis Quinze?
—A penser. — Des chevaux, lui répondit ce prince.

Mon enfant, dit au loup un vieux lion dévot,
Il faut te confesser et faire pénitence.
Depuis longtemps, dit-on, tu sens fort le fagot :
Mais indulgence suit sincère repentance.
— Seigneur, répond le loup, je n'en disconviens pas,
D'un mauvais garnement j'ai toute l'apparence :
Car moutons dérobés composent mes repas.
Mais de mon père aussi c'était la subsistance,
C'était celle du sien, celle de ses aïeux.
Suis-je donc criminel en vivant ainsi qu'eux,
En me servant d'un droit qui tient à notre essence?
—Je ne le pense pas ; mais, comme un peu glouton,
Du *Pater* une fois tu diras l'oraison.
   Puis passant au renard : Grand croqueur de volaille,
Dis ton *Confiteor,* et demande pardon.
—Pardon, de quoi? seigneur. Suis-je un renard de paille?
Volaille est au renard ce qu'au loup est mouton.
Mon droit, comme le sien, remonte au premier âge.
Chapons furent croqués par tous mes ascendans,
Et chapons le seront par tous mes descendans.

La faute en est au ciel, si je fais du dommage.
— Que dis-tu là, mon fils? pour ta punition
Du *Pater* une fois tu diras l'oraison.
   L'âne ensuite s'avance, et laissant toute excuse:
De trois péchés, dit-il, mon père, je m'accuse.
Dans un fossé bourbeux du mauvais foin gisait :
J'en pris une bouchée.—Était-il à ton maître ?
— Personne pour son bien ne le reconnaissait.
— N'importe : c'est un vol, tout léger qu'il semble être.
— Dans la cour d'un couvent, près d'un vieux mur en bois,
De mon ventre trop plein j'ai déchargé le poids;
Puis, les moines chantant, je me suis mis à braire.
— Quelle horreur! peu content d'infecter des lieux saints,
Oser, infâme, encor troubler des chants divins!
J'entends déjà du ciel murmurer le tonnerre.
Accourez! mes enfans, accourez! que de nous
Le sang de cet impie on détourne les coups (1).

               ~~~~~

Quel nom faut-il, monsieur, donner à cet enfant?
Demandait au papa la dame Pétronille.
— Celui de Jean, morbleu! car dans notre famille,
Le mâle (c'est l'usage) est constamment un Jean.

               ~~~~~

Un riche fournisseur, autrefois domestique,
Traversait à grand bruit une place publique,
Superbe et d'un ministre étalant tout le train.
— Tiens, crie à sa voisine une grosse fruitière,
Qui soudain reconnaît notre antique Frontin,
Ce n'est tout simplement qu'un *ci-devant derrière*.

               ~~~~~

(1) Cette historiette est tirée du 14e sermon de la Pénitence par Jean Raulin, né à Toul en 1443, et l'un des plus illustres ornemens de l'université de Paris. Elle commence ainsi : *Leo vocavit lupum, vulpem et asinum ad capitulum ut confiterentur peccata sua et eis juxta delicta pœnitentiam impenderet;* et elle finit par ces mots : *graviter flagellatus est asinus propter peccata parva, et dimissa vulpes et lupus in possessione majorum cum absolutione.*

Vous demeurez bien haut, disait un bon rentier
A certain métromane habitant un grenier.
—Pouvez-vous bien, monsieur, me faire un tel reproche?
　　　Du sublime séjour des dieux
　　　Ne faut-il pas que je m'approche,
Moi qui suis jour et nuit en commerce avec eux?

~~~~

Jean Vingt-Deux, au rapport d'une foule d'écrits,
A beaux deniers comptant vendait le Paradis.
Il y monte un beau jour, s'en croyant encor maître,
Et de la tête aux pieds en pape revêtu.
Mais Pierre, sans ouvrir, lui dit de sa fenêtre:
Passez votre chemin: bien vendu, bien perdu.

~~~~

D'où vient, monsieur l'abbé, disait dame Isabeau,
Dévote intarissable en fait de causeries,
Que Jésus s'est d'abord fait voir aux trois Maries,
Quand, vainqueur du trépas, il sortit du tombeau?
—C'est que Notre Seigneur voulait qu'à tire-d'aile
Dans tout Jérusalem en courût la nouvelle.

~~~~

Dans un fleuve gisait un chêne, qui naguère
Des vents les plus fougueux défiait la colère.
— Comment, dit-il aux joncs, vous faibles, vous tremblans,
Demeurez-vous sur pied?—Nous nous prêtons aux vents.
Messieurs les gens de cour, ces joncs sont votre image;
N'importe quel il soit, tout prince a votre hommage.

~~~~

Vive Cromwell! criait une foule innombrable
Un jour qu'il traversait je ne sais quel canton.
— Mon général, lui dit le colonel Irton,
Voilà, je crois, un cri pour vous bien agréable.
— Pour moi! qu'à la potence on me mène demain,
Meure Cromwell! sera leur unique refrain.

~~~~

Au diable les faiseurs d'insipides harangues!
S'écriait un monarque, à trente ans grisonné.
Voilà le triste fruit de ces vénales langues,
Qui feraient un lion d'un âne couronné.

Une dame en ses bras voit s'éteindre son fils.
C'était sa seule joie : elle se désespère.
Un bon religieux croyant calmer ses cris :
Madame, lui dit-il, rappelez-vous ce père,
Qui, n'ayant comme vous qu'un enfant pour appui,
Lève à l'ordre de Dieu son glaive contre lui.
— Dieu d'un ordre pareil charge-t-il une mère ?

Souffrante et vingt fois même aux portes du trépas,
Reine, encore novice, accouchait avec peine.
L'enfant vient : c'est un fils. Ah ! dit aussitôt Reine,
Que loué soit le ciel ! il n'accouchera pas.

Vieilli par les plaisirs avant le temps prescrit,
Infirme et maudissant ce qu'il avait béni,
Un directeur de cour pour toute pénitence
A certain libertin imposait cinq *Ave*.
— Cinq *Ave* seulement après autant d'offense !
— Eh ! mon fils, lui répond le souffreteux abbé,
Ne vous donnez-vous pas vous-même assez de peines ?
Toujours la volupté porte avec soi ses fruits.
J'ai vécu comme vous, et voyez où j'en suis.
Comme moi, quelque jour vous paierez vos fredaines.

Je suis de droit divin ton seigneur et ton maître,
Disait un gentillâtre à l'un de ses vassaux.
Oui, répond le vilain, si Dieu nous a fait naître,
Vous, éperons aux pieds ; moi, selle sur le dos.

Un soir (temps que choisit la fantasmagorie)
Un capucin prêchait sur la coquetterie.
D'abord le révérend fait en mots doucereux
De tout son appareil le détail fastueux ;
Puis, prenant par degrés une voix foudroyante :
Eh ! pour qui tout ce fard, tous ces parfums divers ?
Pour qui ces diamans, cette plume brillante ?
Pour un front qui dans peu, dévoré par les vers,
De ses adorateurs deviendra l'épouvante.
Oui, mortels que séduit l'éclat de la beauté,
Regardez : la voilà votre divinité.
Il dit et tout-à-coup, pompeusement parée,
Se montre sur la chaire une tête de mort.
Qu'on juge de l'effroi, quand, pour l'accroître encor,
Dans son intérieur il l'avait éclairée (1).

Une tendre rosée, une bulle légère,
Telle est de la beauté l'image passagère.

De reprendre un mari je sens, Monsieur, l'urgence,
Dit à son vieux curé la veuve d'un meunier,
Il me faut un support, et mon garçon Laurence
Mieux que le défunt même entend notre métier.
— Eh bien ! mariez-vous ?—Mais j'ai la quarantaine,

(1) Où sont, dit Ménippe à Mercure dans un des *Dialogues des morts*
de Lucien, où sont nos beaux hommes et nos belles femmes ? — Je ne
puis aujourd'hui satisfaire entièrement ta curiosité ; mais regarde à droite :
là sont, Hyacinthe, Narcisse, Hélène, Léda, etc., en un mot, tout ce qu'il
y a eu de plus beau sur la terre. — Je ne vois que des ossemens, que
des crânes dépouillés de leur chair, et tous semblables les uns aux autres. — C'est pourtant ce que tous les poètes ont célébré à l'envi. —
Montre-moi Hélène. — La voici. — Quel crâne informe ! et pour lui la
Grèce s'est dépeuplée ! des milliers de guerriers ont péri ! la superbe
Troie a été renversée ! — Mais, Ménippe, tu n'as pas vu Hélène vivante.
N'as-tu pas toi-même admiré des fleurs lorsqu'elles brillaient de tout leur
éclat ? — Oui, mais néanmoins je ne puis m'empêcher de rire de la folie
de vingt peuples courant à leur ruine pour une fleur dont l'éclat n'est
qu'éphémère. — Je n'ai pas le temps de philosopher avec toi. Des trou-
pes de morts de tout rang m'attendent.

Et lui dans ses vingt ans entre cette semaine.
Femme vieille, dit-on, pèse à jeune mari.
— Eh bien! veuve restez.—Mais, Monsieur, grâce à lui,
Des chalands tous les jours augmente l'affluence.
Qu'il parte, tout ira bientôt en décadence.
— Eh bien! mariez-vous.—Mais j'appréhende aussi,
Qu'une fois de valet devenu mon mari,
Il ne fasse de moi sa très humble servante.
Car tout menton barbu prétend être obéi;
Et pour femme c'est là chose bien attristante.
—Eh bien! veuve restez.—Un mais se ripostait,
Quand enfin le pasteur arrêtant son caquet:
Puisqu'ainsi, lui dit il, votre esprit toujours cloche,
De l'Église, madame, interrogeons la cloche.
D'une oreille attentive écoutez-en le son.
La cloche de sonner, l'amour de faire entendre:
Prends vîte ton garçon, prends vîte ton garçon;
Et partant la meunière aussitôt de le prendre,
Mais hélas! à son dam: comme elle l'avait craint,
De maîtresse bientôt servante elle devint.
Chez le pasteur alors elle court éplorée,
Se plaint, et d'imposteur traite son carillon.
—Eh! pourquoi, par l'amour à cette heure égarée,
En avez-vous si mal interprété le son?
Écoutez.—Et la cloche est remise en volée.
— Eh bien! que chante-t-elle? — Ah! dit la désolée,
Ne prends pas ton garçon, ne prends pas ton garçon.
La passion rend sourd: ce n'est que dans l'abîme
Que l'oreille revient à sa triste victime (1).

Pater était le nom d'une dame si belle,
Que chacun se disait: si j'étais *Spiritus*,
Avec quel doux plaisir l'obombrant de mon aile,
Je ferais de son sein germer un *Filius* (2)?

(1) C'est aussi de Jean Raulin qu'est tirée cette historiette; on la trouve dans Rabelais, chapitres 9 et 27.

(2) Madame Pater était une Hollandaise, elle vint à Paris en 1765, et l'on fit à son occasion le quatrain suivant:

Si j'en crois maintes gens, Paris gâte les belles.
—Soit, mais aussi Paris est bien gâté par elles (1).

Mes enfans, nous disait le bon papa Deschamps,
Gardez-vous de fillette à la gentille mine.
Souvent elle ressemble à ces bonbons charmans,
Qui paraissent tout sucre et ne sont au dedans
    Que plâtre et que farine.

Un favori d'un roi, porteur d'un titre auguste,
Un matin avec lui jouait au gros volant :
Il lui lance un coup sûr, et le roi le manquant :
Voilà t-il tout haut, un beau Louis-le-Juste.

Deux courtisans couraient l'un après l'autre en poste.
L'un avait le nez court, et l'autre l'avait long.
—Où courent ces messieurs, dit le roi? — C'est Lacoste,
Qui, volé de son nez, vole après son larron.

Le romantisme est certe une rare merveille :
Il a fait un hibou de l'aigle de Corneille.

    Pater est dans notre cité :
    Spiritus je voudrais être,
    Et, pour former la *Trinité*,
    Filius on en verrait naître.

  Les seigneurs allaient en procession pour la voir. Son mari, riche
négociant, excédé de leurs visites, dit un jour à des courtisans en les
reconduisant : « Je suis très sensible, messieurs, à l'honneur que vous
me faites de venir ici; mais je ne crois pas que vous vous y amusiez
beaucoup : je suis toute la journée avec madame Pater, et la nuit je
couche avec elle. »

  (1) On a fait à Voltaire l'épitaphe suivante :

    Ci-gît l'enfant gâté du monde qu'il gâta.

FIN DE LA DEUXIÈME PARTIE.

I